Karen McCombie

Mein geheimnisvolles Ich

Karen McCombie ist eine schottische Kinder- und Jugendbuchautorin. Durch ihre Buchreihen mit den jeweils namensgebenden Heldinnen *Stella* und *Abby* ist sie bekannt geworden. Bevor Karen McCombie zu schreiben begann, war sie Redakteurin für verschiedene Jugendmagazine. Sie lebt mit ihrem Mann und ihrer Tochter in London.

Inhalt

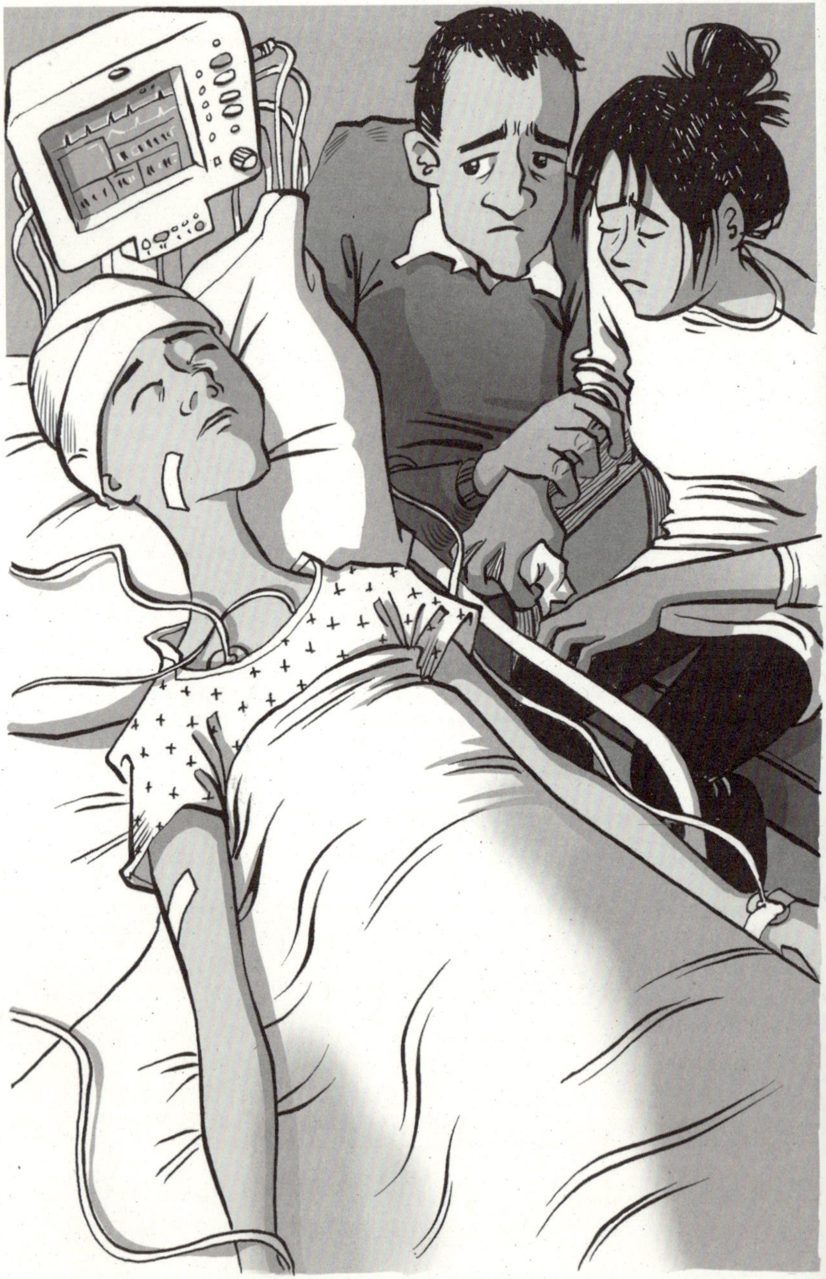

Kapitel I
Ganz die alte Ketty?

Ich kann mich nicht ans Sterben erinnern.

Aber es waren auch nur zwei Minuten und 39 Sekunden. Danach konnten die Sanitäter mein Herz wieder zum Schlagen bringen.

Ich kann mich nicht an den Unfall erinnern, und auch nicht an die zwei Wochen danach. Kein Wunder, ich lag im Koma.

Ich lag da, versunken in einem seltsamen, tiefen Schlaf, und ließ mein verletztes Gehirn heilen. Meine armen Eltern saßen neben mir. Mama hat gesagt, sie hätten die ganze Zeit neben meinem Bett im Krankenhaus gesessen, Stunde um Stunde, Tag um Tag. Sie hätten sich bei den Händen gehalten und gehofft. Gehofft, dass ich

aufwachen und wieder ich selbst sein würde, ihre
süße kleine Ketty.

Der Arzt hat ihnen behutsam erklärt, dass
Verletzungen am Kopf Menschen verändern
können. Ein heiterer Mensch kann sehr ernst
werden. Ein stiller, entspannter Mensch kann laut
und aufbrausend werden. Es kann aber auch sein,
dass sich die Person langsam erholt und sich gar
nicht verändert. Das ist so, wie wenn man eine
Münze wirft – meine Eltern wussten nicht, auf
welcher Seite meine Münze landen würde.

Zum Glück bin ich jetzt wieder ganz die alte
Ketty, finden sie.

Nur bin ich nicht sicher, wer die alte Ketty ist ...
Daran erinnere ich mich auch nicht mehr, genau
wie an den Unfall.

In den letzten Monaten war ich nicht in der
Schule. Meine Erinnerungen kommen nur sehr

langsam zurück, in Stücken und Fetzen: Gesichter, Orte, Leute. Die fallen mir alle in den seltsamsten Momenten wieder ein. Einmal saß ich gerade am Küchentisch und aß Tomatensuppe, da hatte ich auf einmal ein Bild vor Augen: ein großer, lauter Raum, voll mit Jugendlichen, die miteinander reden und essen.

Als ich es Mama beschrieb, sagte sie: „Die Mensa in der Schule!"

Während Mama, Papa und ich zum ersten Mal wieder im Park spazieren gingen, fiel mir der Spielplatz auf. Dort hatte ich früher auf der Schaukel gesessen. Das Schwingen, die dicken Ketten aus kaltem Metall in meinen Händen, das Kichern von Mädchen neben mir ...

„Das müssen Adele und Urmi gewesen sein! Deine besten Freundinnen!", rief Papa.

Ich habe Adele und Urmi seit dem Unfall erst ein

Mal gesehen. Und das fühlte sich an, als hätte ich
sie *überhaupt* zum ersten Mal gesehen. Als sie
zu mir nach Hause kamen, waren wir alle etwas
unsicher; beim Umarmen habe ich mich ganz steif
gemacht. Sie grüßten mich lieb von den Leuten
aus der Schule. Ich habe gelächelt und genickt,
aber die Namen sagten mir gar nichts. Ich konnte
die Namen auch nicht mit Gesichtern verbinden,
oder mit Gefühlen.

   Aber vielleicht kommt das ja heute endlich.
Heute gehe ich nämlich zum ersten Mal wieder in
die Heartfield Academy, meine Schule.

Als wir durch die Schultür gehen, erinnert Mama
mich daran: „Ketty, du bleibst nur für den
Vormittag hier, damit du nicht *zu* müde wirst."

   „Okay", sage ich und nicke. Ich schaue mich um.

Erfreut stelle ich fest, dass ich diesen Ort *wirklich* kenne.

Der Flur mit den grauen Boden-Fliesen, das blaue Sofa für Besucher, das Büro mit der lächelnden Dame hinter dem Schiebefenster. Gerade ist nicht viel los – meine Eltern und die Schule fanden es am besten, wenn ich erst nach dem großen Ansturm von 8:30 Uhr käme.

Die lächelnde Dame begrüßt mich: „Hallo, Ketty! Schön, dich zu sehen!" Sie steht auf und kommt zur Tür heraus auf den Flur.

Ihr Name schwirrt mir durch den Kopf wie eine Motte, aber ich kriege ihn nicht zu fassen. Das passiert mir oft. Selbst die einfachsten Wörter sind nur eine Sekunde da und gleich wieder weg. Mein Arzt meint, dass das nach und nach besser werden wird. Ich soll versuchen, mir nichts draus zu machen, wenn die Wörter mir aus dem Kopf fliegen.

Das sagt sich so leicht.

„Stella!", rufe ich – zu laut –, als diese Motte von Erinnerung aus meinem Hinterkopf nach vorne flattert.

„Ja, gut gemacht!", sagt Stella, die Sekretärin. Sie und Mama lächeln sich an, als wäre ich ein Kleinkind, das gerade ein neues Wort gelernt hat.

Ich habe mich gefreut, als mir ihr Name wieder eingefallen ist. Aber nachdem die beiden sich diesen Blick zugeworfen haben, komme ich mir ein wenig doof vor.

Stella plappert weiter: „Mach dir wegen heute keine Sorgen. Du weißt ja, wir haben allen gesagt, dass du es langsam angehen lassen musst. Und es wissen auch alle, dass sie nicht über den ..."

Stella wird rot.

Sie wollte gerade sagen: „nicht über den Unfall reden sollen", aber sie hat es sich verkniffen.

Ich nehme an, sie hat Angst, dass mich das zu sehr aufregt. Und für sie könnte es auch unangenehm sein.

Aber wie gesagt, ich kann mich an nichts erinnern.

„Viel Glück, Liebes", sagt Mama und reibt meinen Arm. „Wird schon klappen."

Sie winkt und geht. Ich wende mich Stella zu, die mich zu meiner ersten Stunde bringen will.

Da sehe ich zwei Mädchen weiter hinten im Flur.
Ihre Schuhe haben gerade aufgehört, über den Boden zu klackern; und nun starren die Mädchen mich an, als hätte ich zwei Köpfe und drei Nasen.
Sie tuscheln wie verrückt miteinander und

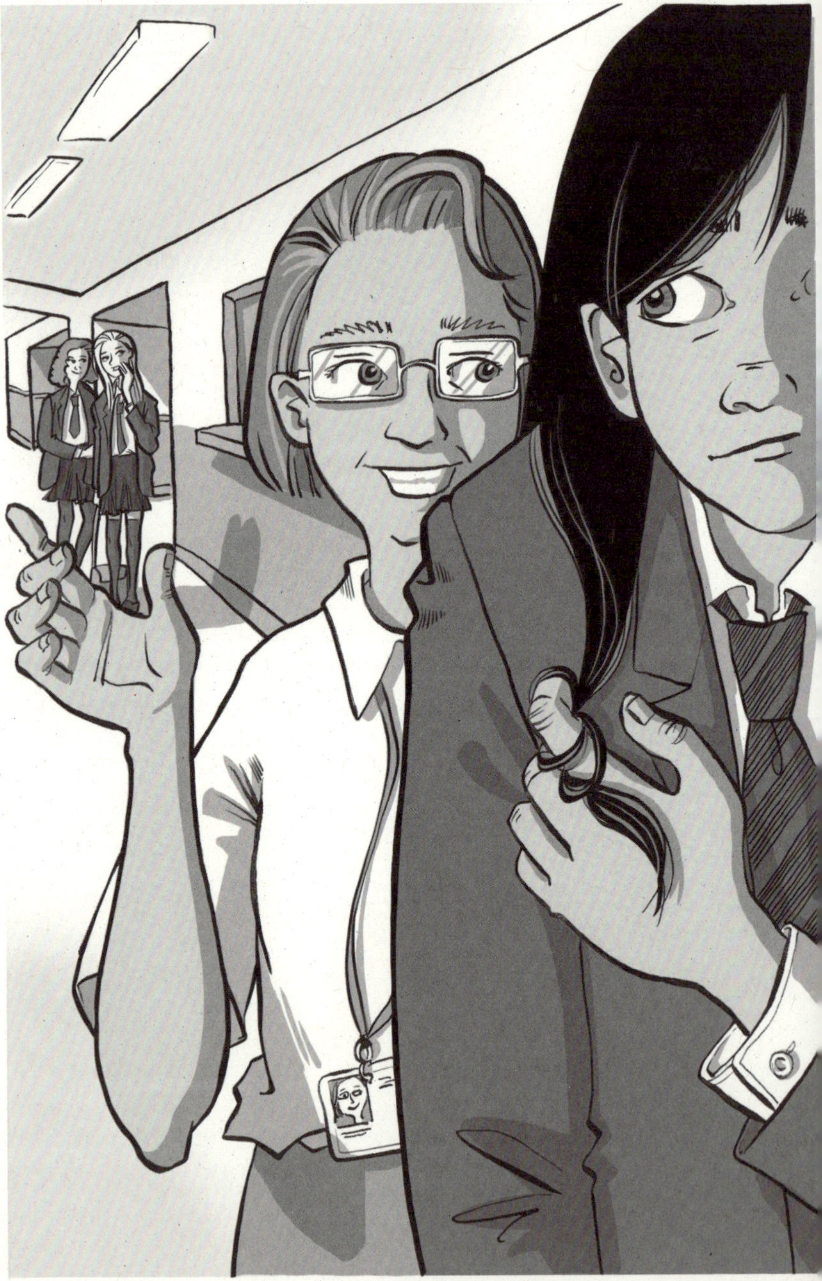

verdecken dabei mit den Händen nur halb ihre Münder.

Oh, oh.

Hat Mama recht? Wird es klappen?

Ganz sicher bin ich mir da nicht.

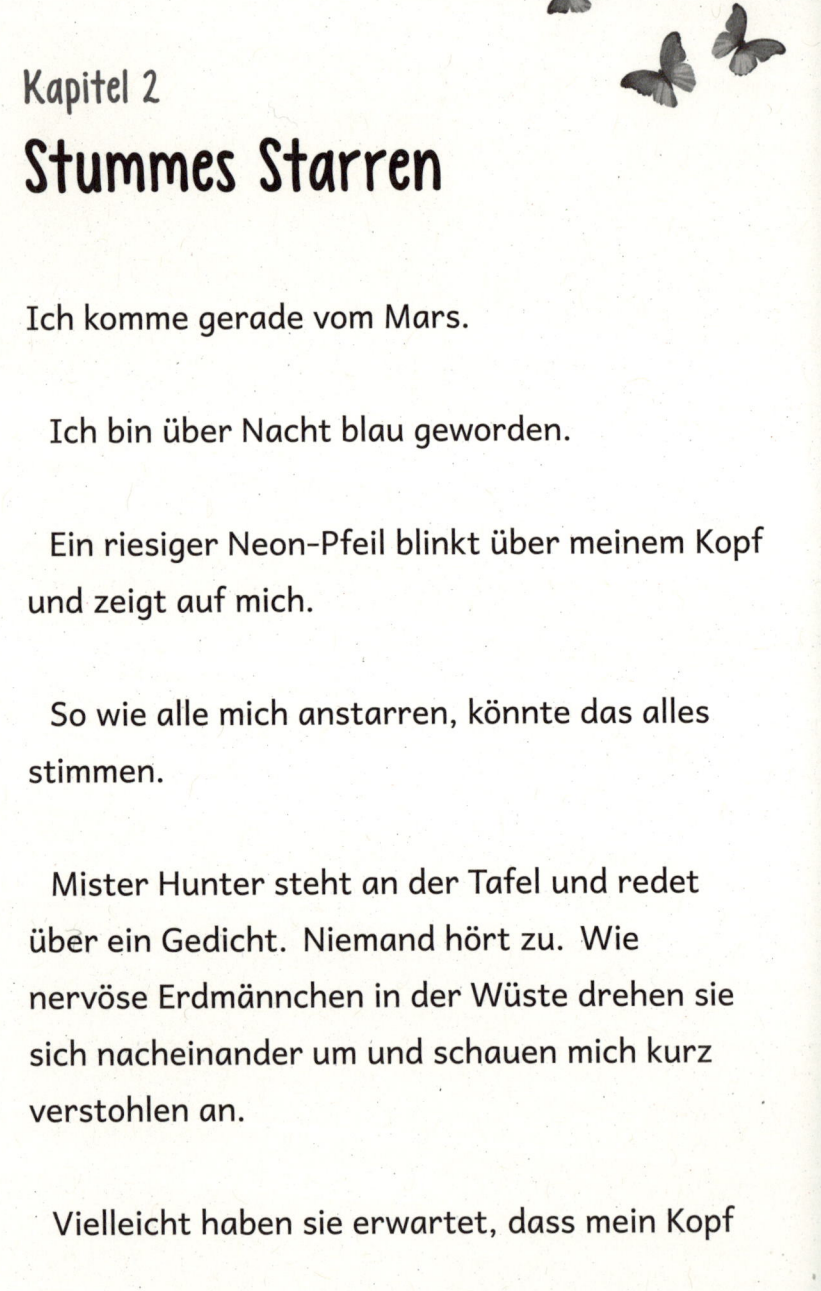

Kapitel 2
Stummes Starren

Ich komme gerade vom Mars.

Ich bin über Nacht blau geworden.

Ein riesiger Neon-Pfeil blinkt über meinem Kopf und zeigt auf mich.

So wie alle mich anstarren, könnte das alles stimmen.

Mister Hunter steht an der Tafel und redet über ein Gedicht. Niemand hört zu. Wie nervöse Erdmännchen in der Wüste drehen sie sich nacheinander um und schauen mich kurz verstohlen an.

Vielleicht haben sie erwartet, dass mein Kopf

kahlrasiert wäre, mit einer knallrosa Narbe und dicken Knubbeln da, wo mein Schädel wieder zusammengetackert wurde.

Ich sehe aber ziemlich genau so aus wie vor dem Unfall, mit langen braunen Haaren und ohne Narben.

Ich bin noch nicht so weit, ich ertrage diese ganzen Blicke noch nicht.

Ich halte zu viel Lärm noch nicht aus.

Deshalb darf ich den Unterricht immer schon ein paar Minuten vor dem Ende verlassen; so kann ich schon mal zum nächsten Raum gehen, bevor es klingelt und alles hektisch und chaotisch wird.

Aber dieses stumme Starren macht mich wahnsinnig. Mir wird heiß, und ich kann spüren, wie Panik-Blasen aus meinem Bauch aufsteigen.

Mister Hunter dreht sich zu uns um. „Also, kann mir jemand sagen, was dieser Vers bedeutet?"

Sein Blick landet bei mir. Glück gehabt: Er sieht, dass ich kurz vorm Durchdrehen bin.

„Möchtest du jetzt schon mal zu deiner nächsten Stunde sausen, Ketty?", fragt er.

Das ist nett von ihm. Die Stunde ist nämlich noch *lange* nicht zu Ende.

„Danke", stottere ich und schiebe mein Buch und meinen Stift in meine Tasche. Dann gehe ich schnell zur Tür.

Die Blicke der anderen bohren sich in meinen Rücken, als ich rausgehe. Sobald die Tür hinter mir zu ist und ich allein im langen, kühlen Flur stehe, geht es mir wieder gut.

Nur …

Nur weiß ich nicht, wohin ich jetzt gehen muss. Ich krame meinen Stundenplan aus meiner Jackentasche.

Mein Finger gleitet den Plan hinunter.

„Heute ist Montag", murmele ich. „Dann ist die zweite Stunde Mathe."

Okay, gut. *Das* Problem habe ich gelöst. Jetzt ist mein *nächstes* Problem, dass ich den Raum finden muss ...

Mir brennen Tränen in den Augen. Da höre ich eine Stimme.

„Ketty? Alles in Ordnung?"

Ich schaue auf und sehe ein freundliches Gesicht, ein warmes Lächeln. Ich kenne den Jungen nicht, aber er scheint *mich* zu kennen. Er hat einen gelben Papier-Streifen in der Hand –

und ich erinnere mich, dass das heißt, ein Schüler darf außerhalb des Klassenzimmers unterwegs sein.

„Meine nächste Stunde … Ich weiß nicht, wie ich den Raum finden soll", erkläre ich dem fremden Jungen. „Ich werde *gar keinen* von diesen ganzen Räumen finden!" Ich wedele mit dem nutzlosen Stundenplan herum.

Der Junge nimmt ihn mir ab, schaut drauf und nickt.

„Schon gut. Ich zeichne dir einen Plan von der Schule, dann findest du alle deine Räume." Er holt ein Buch und einen Stift aus seiner Tasche. „Der Plan wird ein bisschen krakelig, aber er tut's."

Die Panik-Blasen gehen allmählich wieder weg. Ich atme tief durch, während der Junge zeichnet. Und dann merke ich, wie ich alles langsam wieder in den Griff kriege.

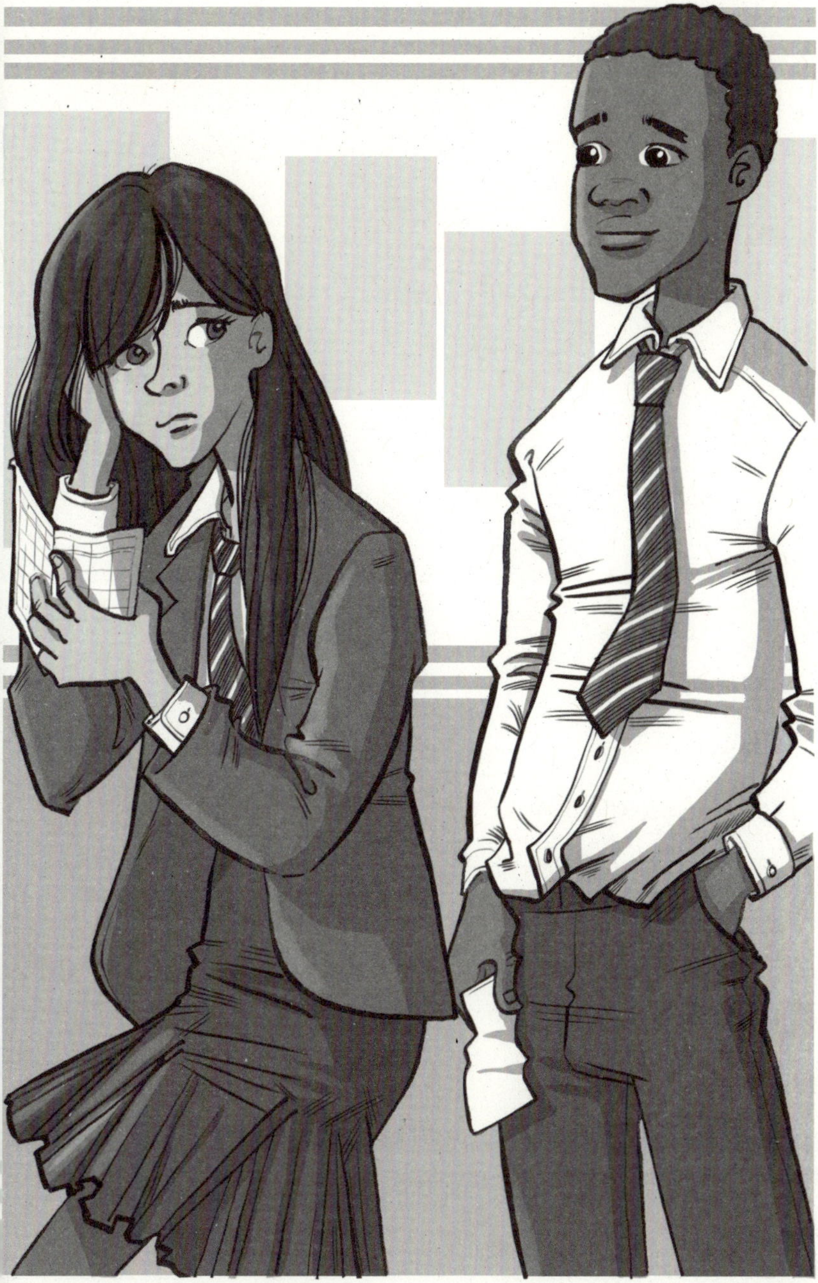

„Danke", sage ich. Wenn ich nur seinen Namen wüsste!

„Kein Problem, Ketty", sagt er und grinst zu mir hoch. „Und übrigens bin ich Otis."

Otis. Otis. *Otis*.

Ich wiederhole den Namen in meinem Kopf und hoffe, dass er sich so in mein Gedächtnis eingräbt. Denn das lässt mich im Moment gern mal hängen.

„Danke. Danke, Otis", sage ich noch mal und füge den Namen meines neuen Helden hinzu.

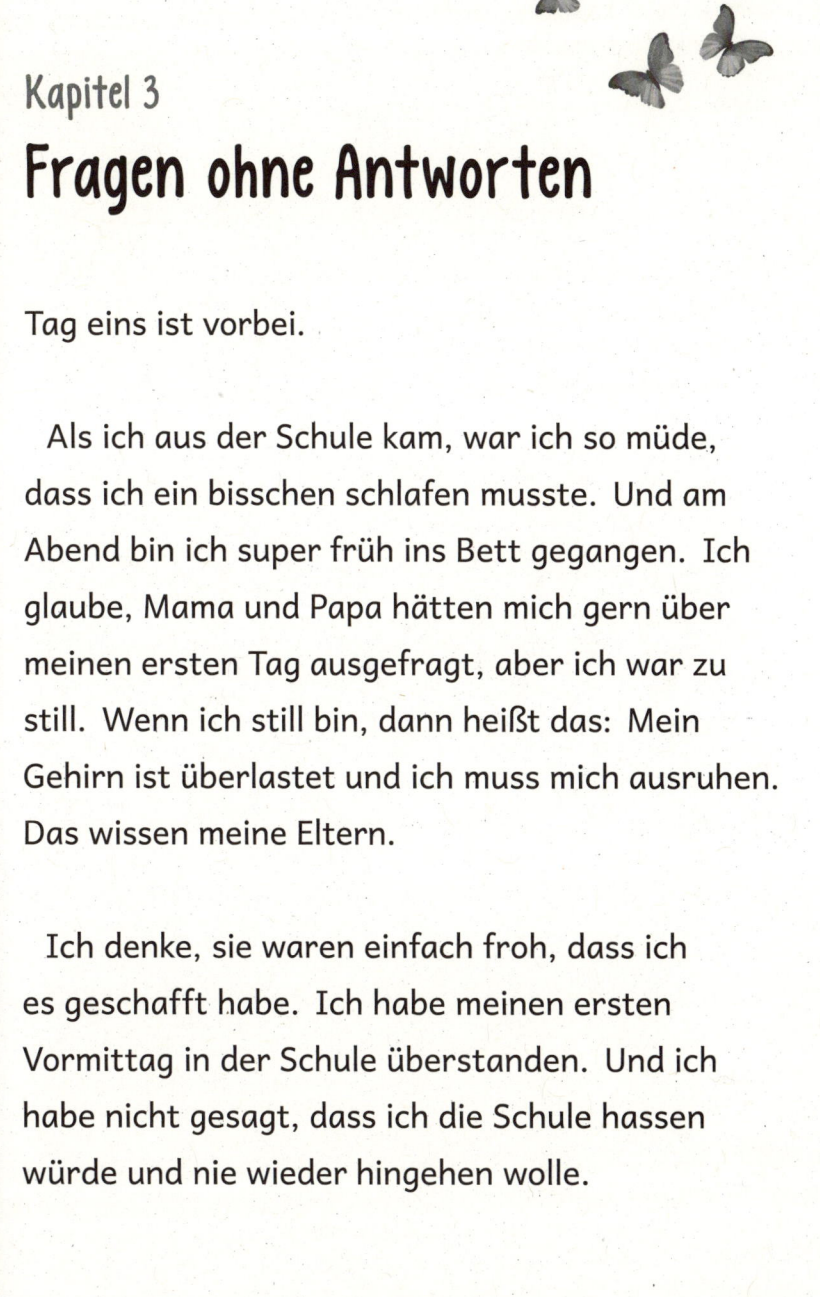

Kapitel 3
Fragen ohne Antworten

Tag eins ist vorbei.

Als ich aus der Schule kam, war ich so müde, dass ich ein bisschen schlafen musste. Und am Abend bin ich super früh ins Bett gegangen. Ich glaube, Mama und Papa hätten mich gern über meinen ersten Tag ausgefragt, aber ich war zu still. Wenn ich still bin, dann heißt das: Mein Gehirn ist überlastet und ich muss mich ausruhen. Das wissen meine Eltern.

Ich denke, sie waren einfach froh, dass ich es geschafft habe. Ich habe meinen ersten Vormittag in der Schule überstanden. Und ich habe nicht gesagt, dass ich die Schule hassen würde und nie wieder hingehen wolle.

Klar, so habe ich mich im Unterricht ein paarmal gefühlt. Aber ich habe durchgehalten – dabei hat mir Otis geholfen mit dem Plan, den er für mich gezeichnet hat, und seiner netten Art.

Und heute ist Tag zwei.

Es ist Mittag und ich sitze noch zusammen mit Adele und Urmi im Förderkurs-Raum. Alles ist angenehm entspannt.

Sie plappern; ich höre zu und manchmal auch nicht, aber das ist in Ordnung. Es fühlt sich gemütlich an, mit ihnen zusammen zu sein – auch wenn ich nur *weiß*, dass sie meine besten Freundinnen sind. Ich *fühle* es nicht.

Urmi schaut auf die Uhr an der Wand und ruft: „Ups! Die Pause ist schon fast vorbei."

Adele nimmt ihre Tasche und steht auf. „Ja, komm, Ketty, wir bringen dich zu Maryam, bevor es klingelt."

Wir verlassen den Förderkurs-Raum. Auf dem Flur essen ein paar Leute im Stehen ihre Brote. Andere gehen plaudernd an uns vorbei.

Adele und Urmi brauchen mich gar nicht weit zu bringen – das Büro von Maryam ist nur wenige Türen weiter.

Es ist auf dem Plan markiert, den Otis mir gezeichnet hat.

Gerade denke ich an Otis und wie von Zauberhand taucht er auf. Er ist zwar einige Meter entfernt, aber ich lächele und winke ihm zu.

Zu mehr komme ich nicht, denn ich, Adele und Urmi stehen schon vor dem Büro von Maryam, der Sozialarbeiterin von unserer Schule.

Meine beiden Freundinnen verabschieden sich, während ich anklopfe und warte.

Maryam öffnet die Tür und führt mich in ihr Büro.

Ich bin ein bisschen schüchtern. Aber wir haben uns am Freitag schon gesehen, als sie mich zu Hause besucht hat. Das hilft.

Sobald ich sitze, sagt sie mit einem fröhlichen Lächeln: „Schön, dich wiederzusehen, Ketty. Wie läuft es denn bis jetzt?"

„Bis jetzt ... okay", sage ich, denn ich weiß nicht recht, wo ich anfangen soll.

Ich hatte in den letzten Tagen viele Gefühle, sogar sehr viele Gefühle, und jetzt bekomme ich sie gar nicht sortiert in meinem Kopf.

Aber am Freitag hat Maryam mir schon gesagt,

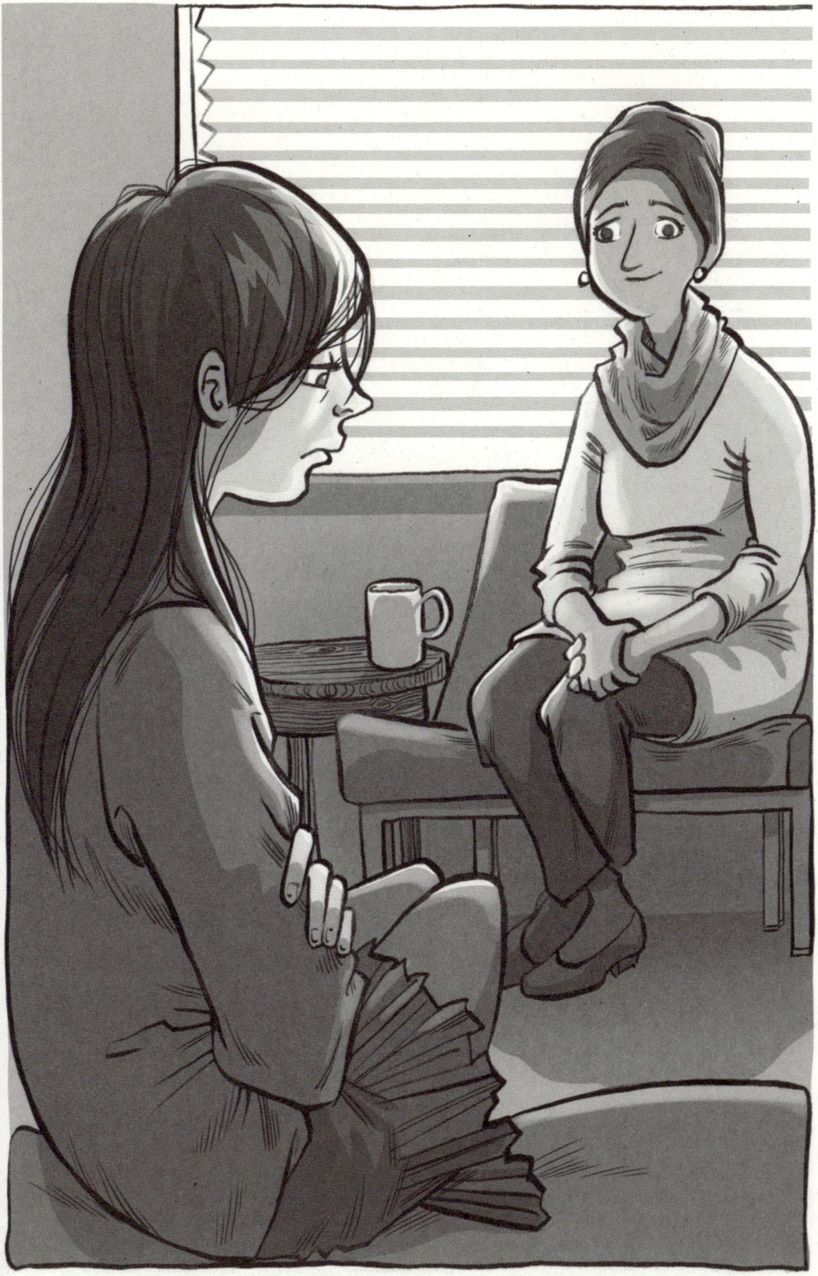

dass das so sein würde. Also nehme ich an,
sie versteht mich schon und ich brauche nicht
mühsam nach Worten zu suchen.

„Das klingt nach einem guten Anfang!", sagt
Maryam und lächelt schon wieder ganz breit.
„Kommt dir irgendwas in der Schule bekannt vor?"

Ja, sogar einiges, fällt mir auf. Stella am
Empfang, die Treppe, die zu den Räumen für die
Naturwissenschaften führt, die Graffiti auf den
Mädchenklos ...

„Ja", antworte ich einfach. Ich bin noch nicht
sicher, ob diese Wörter in meinem Kopf auch
wirklich aus meinem Mund herauskommen können.

„Und was ist mit deinen Mitschülern und den
Lehrern? Erinnerst du dich da an jemanden?",
fragt Maryam als Nächstes.

In der Schule sind so viele Gesichter. Ich glaube,

ich kann jetzt gar nicht über alle nachdenken.
Also nenne ich nur einen Namen.

„Es gibt einen Jungen, der Otis heißt", sage ich
und stelle mir dabei sein freundliches Gesicht vor.
„Der war so nett zu mir."

„Schön! Und niemand hat dich geärgert? Also
vielleicht etwas Ungeschicktes über den Unfall
gesagt, oder so?", will Maryam wissen. „Wenn
doch, dann *meinen* sie es bestimmt nicht böse. Die
sind nur neugierig."

Neugierig.

Ich bin auch ziemlich neugierig, was den Unfall
angeht.

Das Komische ist: Ich weiß, was passiert ist.
Mama und Papa haben die Zeitung aufgehoben,
um sie mir zu zeigen. Am Tag nach dem Unfall
stand fett auf der ersten Seite:

UNFALL BEI SCHULAUSFLUG!
GLIMPFLICH AUSGEGANGEN

Im Text danach hieß es, die Klassen aus unserem Jahrgang seien auf einem Ausflug gewesen. Auf unserem Rückweg zur Schule sei ein Auto mit quietschenden Reifen aus einer Auffahrt geschossen. Der Bus sei gegen das Auto geprallt und habe sich auf der Autobahn um 180 Grad gedreht.

Mit dem glimpflichen Ausgang meinten sie, dass *fast niemand* in dem Bus oder im Auto oder auf der Straße schwer verletzt wurde. Außer mir.

Also weiß ich eigentlich, was passiert ist. Aber da muss es noch etwas anderes geben.

Warum hatten alle anderen nur Beulen und blaue Flecken? Und warum bin nur ich mit einer schweren Verletzung am Kopf ins Krankenhaus gekommen?

Was war im Bus los, als der Unfall passierte?

Wer hat mir geholfen?

Lauter Fragen ohne Antworten.

Ich spüre, dass es da noch etwas gibt. Davon will mir aber niemand erzählen. Ich will auch nicht fragen. Ich habe genauso viel Angst wie alle anderen, dass die Antworten mich zu sehr aufwühlen würden.

Kapitel 4
Mein Glücksbringer

Es klappt besser, als alle gedacht hatten.

Also, ich verstehe nicht so viel im Unterricht – ich habe ja viel verpasst und kann mich noch nicht so gut konzentrieren. Aber ich bin da und ich komme klar.

Mit dem Plan von Otis finde ich überall hin. Diese krakelige Karte ist mein Glücksbringer. Eigentlich ist *Otis* mein Glücksbringer. Gestern (Tag drei) habe ich ihn ein paarmal am anderen Ende des Flurs gesehen. Er hat mir sein breitestes Lächeln geschenkt und sein fettestes Daumen-Hoch und das hat mich aufgebaut. Ich fühlte mich besser, stärker und tapferer.

Heute ist Tag vier. Ich soll immer noch nur den halben Tag bleiben. Aber ich habe Mama und Papa gefragt, ob ich noch zum Mittagessen bleiben darf. Das will ich einfach ausprobieren. Nicht das Mittagessen in der lauten Mensa – sondern Mittagessen *draußen*. Mein Jahrgang darf donnerstags zum Mittagessen raus aus der Schule. Zumindest die, die eine gute Note in Verhalten haben. Adele und Urmi haben mir erzählt, dass wir meistens als ganze Bande losziehen, zu dem Sandwich-Laden auf der Hauptstraße. Sie meinten, das sei immer super witzig.

Ich will etwas super Witziges erleben. Ich will sorglos und albern sein. Ich will Spaß haben und quatschen und tratschen.

Aber nun bin ich früher aus meinem Spanisch-Kurs rausgekommen, warte beim Ausgang auf die anderen und bin mir doch nicht mehr so sicher.

Stella sitzt auf dem blauen Sofa neben mir und sagt: „Na, vielleicht ist es doch noch zu früh für dich, und auch zu viel?" Sie hat nämlich gesehen, wie ich da stand, auf meinen Nägeln kaute und ein bisschen zitterte – weil ich an die vielen lauten Mädchen dachte und an die große, laute, volle Hauptstraße.

„Ist mit Ketty alles in Ordnung?", fragt eine Stimme.

Stella und ich schauen zu Otis auf, der einen Stapel Ordner in den Händen hält.

„Ketty sollte eigentlich mit ihren Freundinnen zum Mittagessen rausgehen, aber sie fragt sich gerade, ob das so eine gute Idee ist", erklärt Stella, als ob ich ihm das nicht selber sagen könnte. Und da könnte sie sogar recht haben. Ich bin jetzt so durcheinander, dass ich kaum die richtigen Worte rausbringen könnte. Dann steht Stella auf und nimmt Otis die Ordner ab.

Er fragt mich: „Ketty, willst du lieber mit mir rausgehen? Ich will mein Brot im Park essen und dabei meine Musik hören, heute ist so schönes Wetter."

„Was meinst du?", fragt Stella mich. Sie spielt immer noch die Vermittlerin. „Ich kann deinen Freundinnen erklären, dass du dich anders entschieden hast."

„Das ... hört sich gut an", antworte ich. Ich spüre, wie die zitternden Panik-Blasen weniger werden.

„Na dann los!", sagt Stella und drückt den grünen Knopf, um uns rauszulassen. „Es lohnt sich nicht, dass du für zwei Minuten zurück in den Unterricht gehst, Otis."

Otis hält mir die Tür auf. Er strahlt dabei wie die Sonne draußen.

Ich weiß nicht, was Adele und Urmi davon halten werden, dass ich sie für Otis hängen lasse.

Aber eines weiß ich *ganz genau*: Das ist der glücklichste Moment, an den ich mich erinnern kann. Und in meinem Fall heißt das: der glücklichste überhaupt.

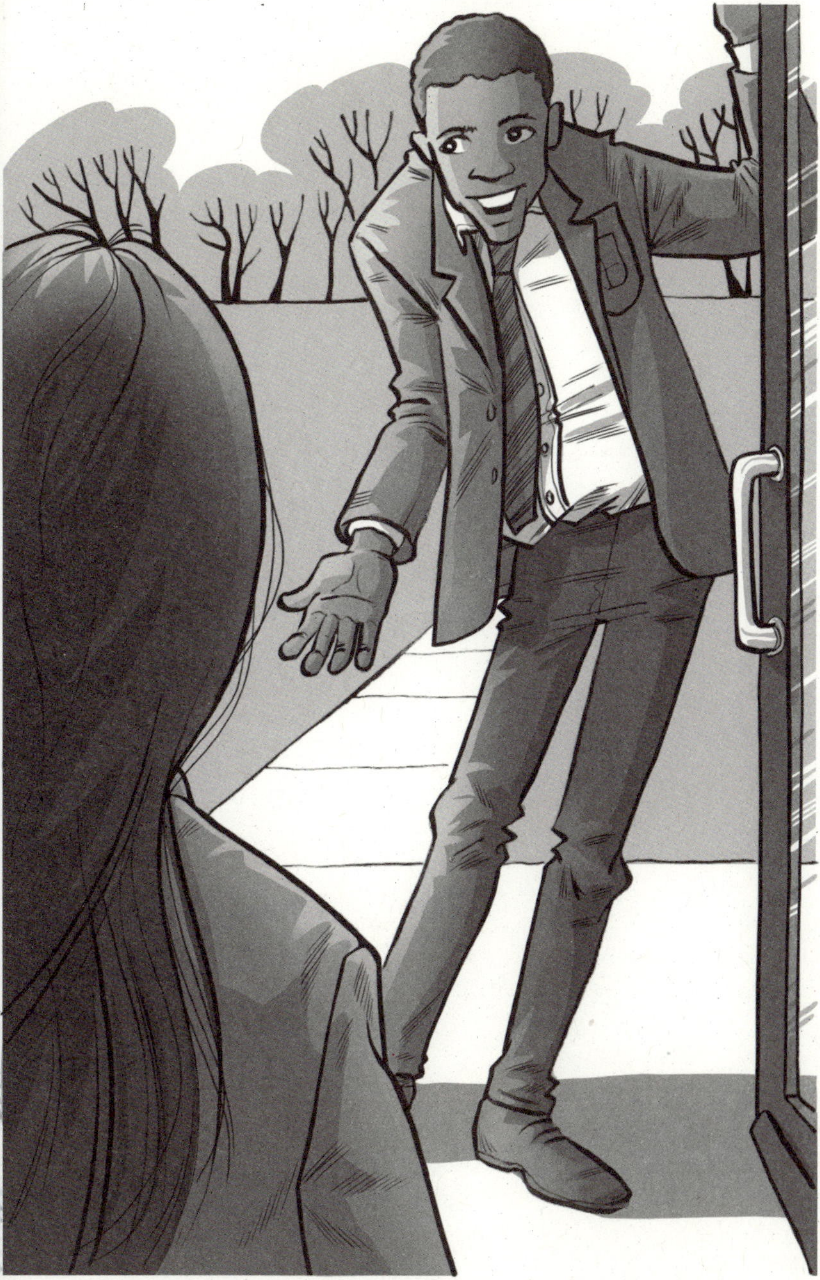

Kapitel 5

Vertrauen

Wir setzen uns in den kleinen Park neben der Schule. Das Gras fühlt sich an wie ein kalter Teppich.

Otis teilt sein Brot mit mir und sagt: „Ich hoffe, du magst Käse und Gurke!"

„Danke, das mag ich sogar am liebsten", antworte ich. Und dann schlage ich mir die Hand vor den Mund.

„Stimmt was nicht?", fragt Otis. Seine braunen Augen schauen besorgt.

„Nein ... alles super! Ich wusste bis eben nicht, was mein Lieblingsbrot ist. Jetzt weiß ich es wieder!", sage ich grinsend.

„Fühlt es sich gut an, wenn dir Dinge wieder einfallen?", fragt Otis mit leicht gerunzelter Stirn.

„Ja", versichere ich ihm. „Also meistens. Das ist so wie Teile von einem Puzzle finden, also aufregend. Aber ich weiß noch nicht, wie die Teile zusammenpassen, und das ist irgendwie ..."

Gerade war das Wort noch da, jetzt ist es weg.

„Gruselig?", schlägt Otis vor.

„Mmmm", sage ich. Mir läuft es kalt den Rücken runter, obwohl die Sonne ihn wärmt. Obwohl Schmetterlinge um die Rosenbüsche in meiner Nähe flattern.

Schmetterlinge ...

Oh!

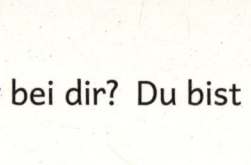

„Ketty?", fragt Otis. „Alles okay bei dir? Du bist auf einmal so blass."

„Ich hab nur ...", fange ich an, schüttele dann aber den Kopf.

Es war so knapp. Als ich die Schmetterlinge sah, kam eine Erinnerung zu mir zurück – sie kam mir so nah, dass ich sie beinah zu fassen bekommen hätte.

Eine Erinnerung an etwas Wichtiges.

Etwas von dem Tag des Unfalls.

Ich ertrage es nicht, dass ich das nicht zu fassen bekommen habe!

„Nicht weinen, Ketty", sagt Otis.

Mir ist gar nicht aufgefallen, dass ich weine.

Otis neigt sich zu mir, als wollte er mir eine Träne wegwischen.

Aber seine Hand streicht über mein Haar. Ich schnappe nach Luft und zucke zurück.

Otis lässt seine Hand sinken.

„Entschuldigung, hab ich dich verletzt?", fragt er.

„Nein ... Es geht nur um mein Haar. Ich mag es nicht, wenn jemand es anfasst", antworte ich.

„Ach so, klar", sagt Otis. Er fragt nicht weiter nach und tut auch nicht so, als wäre ich verrückt.

Aber dann fühle ich mich unwohl. Und im selben Moment merke ich, dass ich ihm vertrauen kann.

Dass ich ihm die Wahrheit anvertrauen kann.

„Ich mag es nicht, wenn jemand mein Haar anfasst, weil ...", stammele ich, „... weil es ..."

Aber ich kann es einfach nicht sagen. Und bevor ich die Nerven verliere, ziehe ich die lange Perücke ab und zeige ihm, wie ich wirklich aussehe.

Mein stoppeliges braunes Haar, das erst langsam wieder wächst, nachdem die Ärzte es für meine Operation abrasiert haben. Die knallrosa Narbe, die kleinen Knubbel, wo die Stiche waren.

„Ui", flüstert Otis. „Tut das noch weh?"

Mir gefällt seine Art, wie er so interessiert guckt und gar nicht geschockt ist.

„Nein, mit der Narbe ist alles okay", erkläre ich. „Ich krieg nur manchmal Kopfweh."

„Wenn du die Haare so kurz hast, sehen deine Augen übrigens richtig *toll* aus", sagt Otis. „So

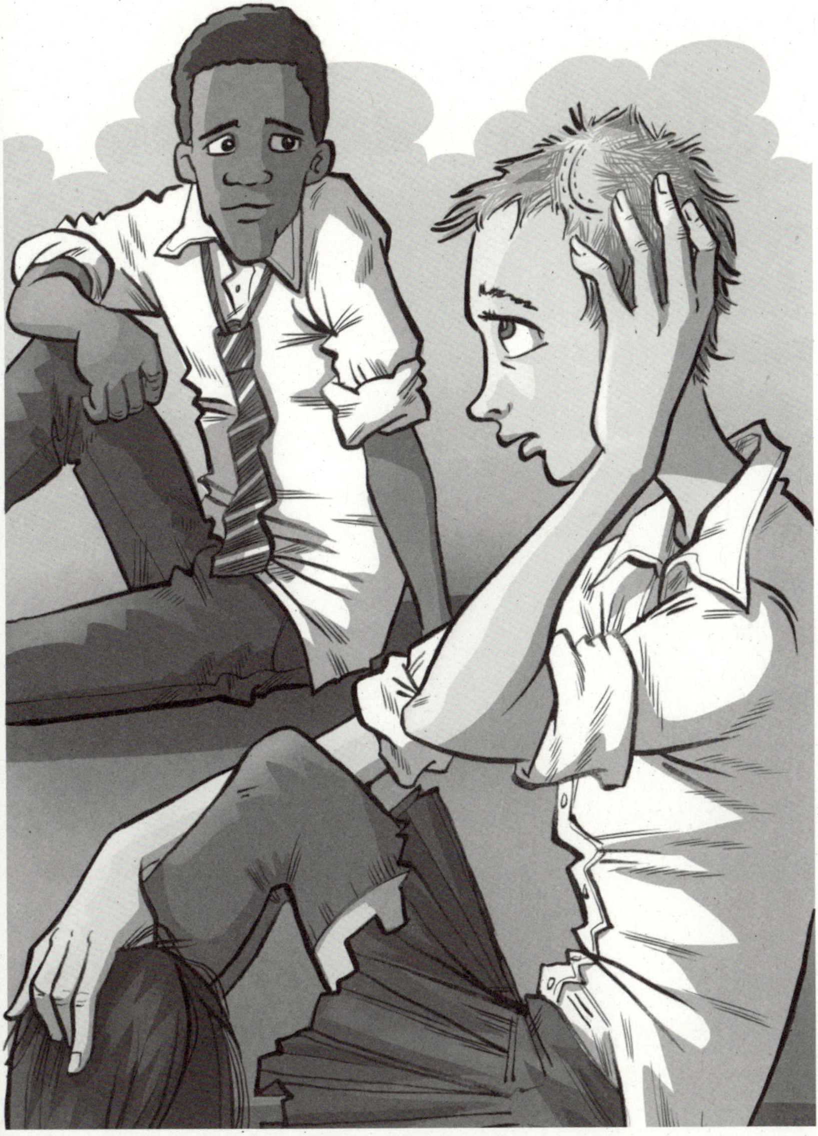

leuchtend. Wie bei Harley Quinn aus *Suicide Squad*! Hey, wenn das Haar wieder länger ist, könntest du es ja vielleicht weiß, blau und pink färben wie sie. Wär doch cool, oder?"

Seit dem Unfall haben die Ärzte mich immer als Patientin betrachtet.

Meine Eltern haben mich behütet, als wäre ich zerbrechlich wie Glas.

Die Leute in der Schule glotzen mich an, als wäre ich ein Alien.

Aber Otis ... Otis hat gerade meine schwächste Stelle gesehen – und mich mit der coolsten Filmheldin der letzten Jahre verglichen.

Ich bin so froh, ich könnte ihn umarmen – aber das könnte ein *bisschen* komisch wirken.

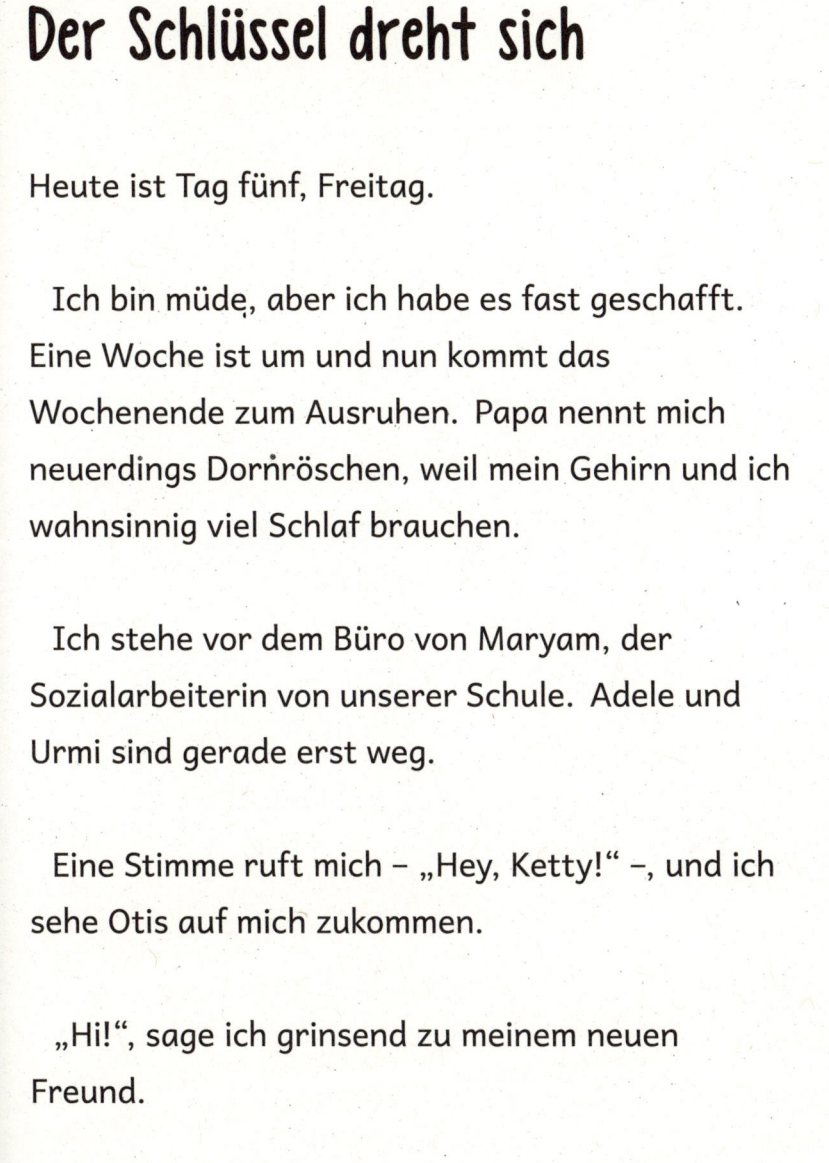

Kapitel 6
Der Schlüssel dreht sich

Heute ist Tag fünf, Freitag.

Ich bin müde, aber ich habe es fast geschafft. Eine Woche ist um und nun kommt das Wochenende zum Ausruhen. Papa nennt mich neuerdings Dornröschen, weil mein Gehirn und ich wahnsinnig viel Schlaf brauchen.

Ich stehe vor dem Büro von Maryam, der Sozialarbeiterin von unserer Schule. Adele und Urmi sind gerade erst weg.

Eine Stimme ruft mich – „Hey, Ketty!" –, und ich sehe Otis auf mich zukommen.

„Hi!", sage ich grinsend zu meinem neuen Freund.

„Sag mal, kennst du Daisy Weston?", fragt er.

Ich wälze den Namen in meinem Kopf hin und
her, aber mir fällt kein Gesicht dazu ein.

„Nein, leider nicht", antworte ich.

„Mach dir nichts draus!", sagt Otis mit seinem
lockeren Lächeln. „Es geht nur darum: Daisy hat
morgen Geburtstag. Sie will ihn mit einem großen
Picknick im Park feiern. Ganz viele Leute aus
unserem Jahrgang gehen hin."

‚Aber Adele, Urmi und ich nicht', denke ich. Wir
sind nicht eingeladen.

Otis sagt: „*Ich* gehe hin und wollte fragen ...
also, ich wollte fragen, ob du mitkommen
möchtest?"

Ich werde rot. Fragt er mich gerade, ob ich *mit
ihm gehen* will? Oder soll ich bloß *mitgehen*?

Selbst mein Gehirn weiß, dass es da einen Unterschied gibt. Einen GROSSEN Unterschied.

„Äh, ja, klar", stottere ich. Plötzlich bin ich schüchtern. „Ich geh lieber rein, ich komm zu spät zu meinem Termin ..."

„Mach dir keinen Kopf", sagt Otis. „Was hältst du davon, wenn wir uns um 2 an dem Café im Park treffen?"

„Klar, gut", murmele ich. Dann drehe ich mich um und klopfe an Maryams Tür.

„Ketty, ist alles in Ordnung?", fragt Maryam. „Hat dich etwas erschreckt?"

„Äh, ich glaub, ich geh morgen Nachmittag auf eine Party oder so was", sage ich und setze mich hin. „Ein großes Picknick zum Geburtstag von jemandem. Mit meinem Freund Otis."

„Das macht doch bestimmt Spaß", sagt Maryam.
„Es scheint ja so, als hättest du schon wieder
richtig gut ins Schulleben reingefunden."

„Ich ... Scheint so", antworte ich. „Aber
eigentlich bin ich ziemlich müde und ich verstehe
auch nicht alles."

„Na, vielleicht solltest du das mit der Party
realistisch sehen. Es ist toll, eingeladen zu
werden, aber Partys können sehr anstrengend
sein. Bist du schon so weit?", fragt Maryam. „Ich
meine ... Nur *du* weißt, wie viel Energie du hast."

Ich denke einen Moment lang darüber nach. Ich
denke an mein ruhiges Zimmer, an mein Bett mit
der weichen Daunendecke und den kuscheligen
Kissen. Ich hatte mich schon so darauf gefreut,
mich darin am Wochenende zu vergraben. Aber
jetzt ...?

Maryam sagt: „Du kannst alles langsam angehen

lassen, Ketty. Du hast das diese Woche so toll gemacht und solltest stolz auf dich sein. Du hast ein paar ganz große Schritte geschafft ...“

Ich fange an, in meinen Gedanken zu versinken. Und dann ...

BUMM!

Ein Bild schießt mir durch den Kopf. Ich stehe auf der obersten von drei hohen Stufen aus Metall. Die Stufen führen aus einem Bus. Draußen scheint die Sonne auf eine grüne Wiese und Schmetterlinge flattern herum. Ich stehe da oben auf der Treppe, will gerade runtergehen und fühle so richtig große ... wie heißt das noch mal?

FREUDE.

Genau!

„Ketty?“, fragt Maryam. „Alles in Ordnung?“

„Alles okay", antworte ich. „Mir ist nur gerade wieder etwas von dem Ausflug eingefallen, von dem Unfall-Tag."

Es ist ungefähr so, als würde ein Schlüssel sich langsam in einem Schloss drehen. Eine Tür geht auf und eine Erinnerung nach der anderen purzelt heraus. Sie werden immer schneller, immer klarer.

Kapitel 7

Der Wirbelwind in meinem Kopf

Also, *das hier* ist komisch.

„Schön, dich kennenzulernen", sagt Papa und gibt Otis zur Begrüßung die Hand.

„Hallo, Mister Banks", antwortet Otis. Er tut so, als wäre es nicht total peinlich, dass Papa hier ist.

„Ketty war sich nicht sicher, ob sie den Weg zum Café findet, deshalb hab ich sie gebracht", erklärt Papa Otis. Und das ist *noch* peinlicher.

„Klar, das versteh ich", sagt Otis. „Soll ich sie nach dem Picknick nach Hause bringen?"

„Super, danke", sagt Papa und nickt. „Und vielen Dank auch, dass du diese Woche unserer Maus so viel geholfen hast. Kettys Mama und ich finden das richtig toll von dir."

Nein! Was *macht* Papa da? Warum nennt er mich vor anderen Leuten seine „Maus"?

Ich knirsche mit den Zähnen. „Tschüss, Papa, bis nachher", knurre ich.

Er versteht es und geht. Otis und ich gehen jetzt auch, in die andere Richtung.

Ein paar Minuten später sitzen wir auf einer Picknick-Decke, mit einem Haufen anderer Leute aus unserem Jahrgang.

Es gibt Blätterteig-Taschen, große Tüten Nachos und dazu ein paar Dips. An die Schüsseln mit Erdbeeren geht niemand dran. Eine große Schachtel Celebrations ist schon leer.

Musik dröhnt von irgendwo her, aber ich kriege

nicht raus, woher genau. Stimmen schnattern überall um mich herum und auf dem Spielplatz in der Nähe kreischen Kinder.

Otis sitzt neben mir, aber er unterhält sich mit Daisy, dem Geburtstagskind. Mal höre ich ihnen zu, dann schalte ich wieder ab. Es ist zu viel Lärm im Hintergrund und ich kann mich schlecht konzentrieren. Außerdem reden sie über Leute und Dinge, die mir nichts sagen.

„... ach, Otis, ich hab übrigens heute Morgen einen Geburtstags-Gruß von Jasmin über Snapchat bekommen", höre ich Daisy sagen.

‚Jasmin ist ein schöner Name', denke ich und zupfe an meiner Nagelhaut.

Erst dann fällt mir auf, dass Daisy mich von der Seite beobachtet.

Ich fasse mir automatisch an die Haare – ich

habe immer Angst, sie verrutschen und die Leute merken, dass das eine Perücke ist. Es macht mir natürlich nichts aus, dass Otis davon weiß. Aber ich will nicht, dass alle anderen mich anstarren und sich fragen, was darunter ist.

„Ja? Das ist ja nett von ihr", sagt Otis. „Aber sag mal, Daisy, weißt du, welches Lied da gerade läuft?"

Mein Gehirn läuft zwar noch nicht auf 100 Prozent, aber ... das klang gerade so, als ob Otis das Thema wechseln wollte.

Doch Daisy lässt sich nicht darauf ein.

„Nein, ich kenn das Lied nicht", sagt sie. „Jedenfalls geht es Jasmin gut an ihrer neuen Schule. Sie hat lauter neue Freunde und ist wirklich gut drauf und ganz entspannt."

„Hm, ja, ich weiß", antwortet Otis. Er sieht

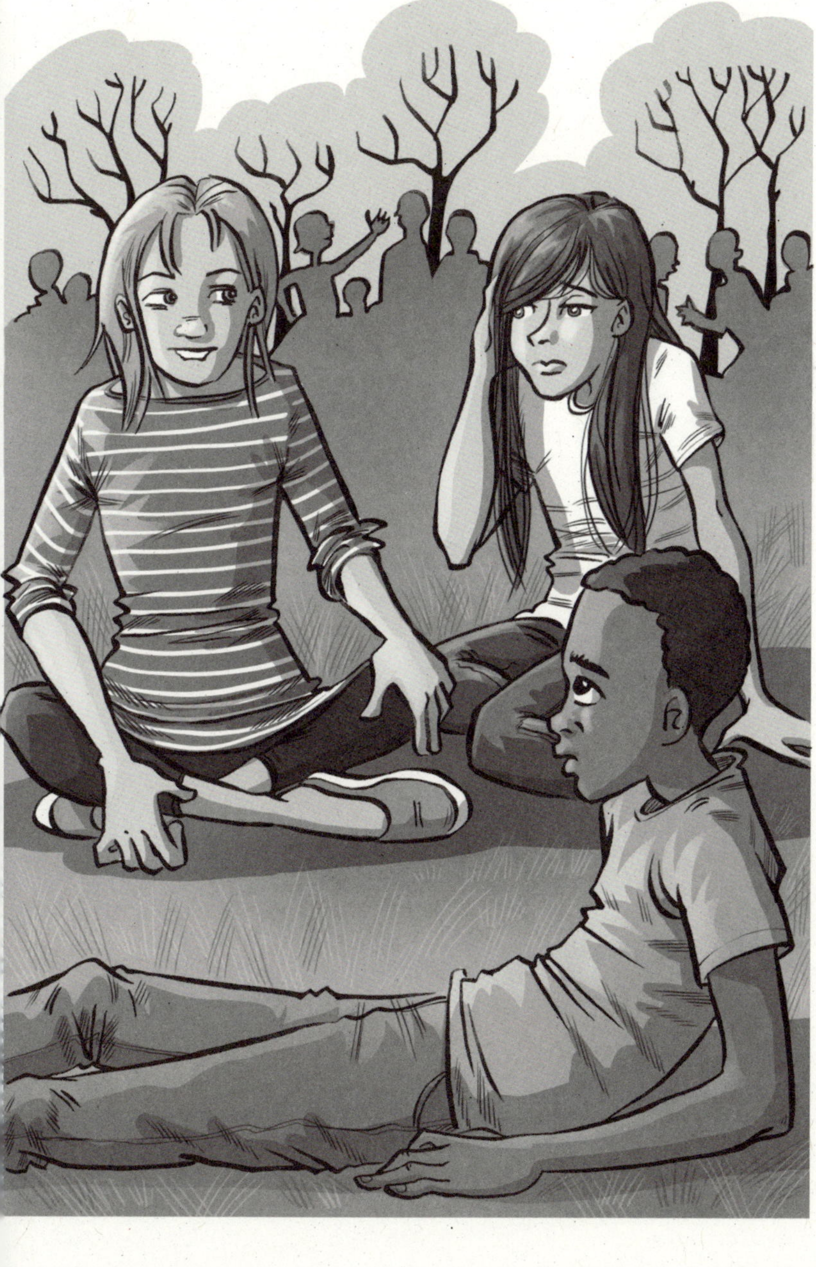

ein bisschen verlegen aus. „Ich hab auch noch Kontakt zu Jasmin."

Jasmin.

Jasmin ...

Noch so ein Blitz, eine Erinnerung fegt mir durch den Kopf wie ein bunter Schal.

Ich erwarte, dass die Erinnerung gleich wieder weggeht, aber sie bleibt. Und sie ist weniger ein Bild in meinem Kopf, sondern mehr ein Gefühl, das sich tief in meinen Bauch bohrt.

„Otis?", frage ich. Panik steigt in mir auf. „Mir geht es nicht so gut!"

„Okay, Ketty, dann gehen wir irgendwohin, wo es ruhig ist. Am besten zu den Rosen!", antwortet Otis.

Die Rosen. Die Schmetterlinge.

Ich stehe auf. Aber meine Erinnerungen und Gefühle wirbeln durcheinander, als hätte ich einen Wirbelwind im Kopf.

Kapitel 8
Zwei Dinge, die ich weiß

Fünf Sekunden ein ...

Fünf Sekunden halten ...

Zehn Sekunden aus ...

Mit geschlossenen Augen mache ich meine Atemübungen, bis die Panik wieder weggeht und der Wirbelwind aufhört.

„Besser?", höre ich Otis fragen.

„Besser", sage ich und schlage die Augen auf.

Wir sitzen wieder auf demselben Rasen wie am Mittwoch-Mittag. Dieses Mal hat Otis sein Handy in der Hand – und kein Brot. Dieses Mal hat sein

Gesicht einen seltsamen Ausdruck – es ist kein Lächeln.

„Dir wurde ein bisschen komisch, als du Jasmins Namen gehört hast, oder?", fragt er.

„Ja, aber ... aber ich weiß nicht, warum", antworte ich.

„Ich denke, vielleicht muss ich dir doch etwas zeigen, Ketty", sagt er. Er sieht mich an und wirkt ein bisschen besorgt.

„Aha, okay", sage ich mit gerunzelter Stirn.

Otis hält mir den Bildschirm seines Handys hin.

Und dann sehe ich mich.

Mich mit einem Mädchen mit einer süßen Space-Buns-Frisur. Mich mürrisch. Mich fast knurrend.

In dem Video fauche ich das Mädchen an: „Was glotzt du so, Jasmin?"

Das Mädchen mit der süßen Frisur blinzelt, als würde es gleich losheulen.

Und dann kommt das Ganze noch mal, immer wieder.

Und wieder.

„Warum kommt das immer wieder?", frage ich.

„Das ist nur eine App, die 5-Sekunden-Filme macht", antwortet Otis.

Er sieht geknickt und traurig aus, ihm scheint etwas leidzutun. Ich weiß aber nicht, wieso. Ich verstehe nicht, was hier gerade passiert.

„War das in der Theater-AG?", frage ich.

„Das war nicht gespielt, Ketty", sagt Otis. Er schaut mir nicht in die Augen. „Das bist du. So warst du vor dem Unfall. Zu vielen Leuten, aber am allermeisten zu Jasmin ..."

Mein Gehirn ist noch verletzt und ich verstehe noch nicht alles so wie früher. Aber in dieser Sekunde sind mir zwei Dinge klar:

Otis? Er ist nicht wirklich mein Freund.

Und mein altes Ich? Ich habe gemobbt. Hochnäsig und rücksichtslos.

Ich stehe so schnell auf, dass mir schwindelig wird. Aber das ist mein kleinstes Problem.

Ich renne los.

Ich muss von hier weg, weg von Otis, weg von mir selbst.

Kapitel 9
Sag mir, wer ich war

Ich höre erst auf zu rennen, als mir die Luft ausgeht.

Mein Herz hämmert in meiner Brust, meine Lunge brennt und brennt.

Dieser Teil vom Park ist ... wilder als der Rest, voll mit langem, raschelndem Gras, wie eine Wiese mit Wildblumen.

Ich setze mich hin, oder klappe zusammen, da bin ich mir nicht sicher.

Und dann sind da wieder diese Schmetterlinge, die im sanften Sommerwind flattern und tanzen.

BUMM!

Auf einen Schlag ist meine Erinnerung wieder da.

Auf dem Ausflug hatten wir an einer Wiese gehalten. Alle hatten Mappen mit Arbeitsblättern in der Hand und standen Schlange, um aus dem Bus zu steigen. Jasmin war vor mir. Als ich auf der obersten Stufe stand, war Jasmin eine Stufe weiter unten. Es war so einfach, so verlockend. Ich habe sie von hinten geschubst. Sie fiel die Stufen hinunter aus dem Bus. Ihre nackten Knie knallten auf den sandigen Boden und sie sackte zusammen.

Und ich habe mich tierisch gut gefühlt, voller FREUDE.

Ich bekomme mit, wie Otis neben mir ins hohe Gras plumpst. „Ketty ... Ketty, es tut mir so leid", keucht er.

„Es muss dir nicht leidtun", sage ich. Ich starre ihn an und mir steigen Tränen in die Augen.

„Sag mir bitte nur die Wahrheit. Ich weiß, dass du mich hasst. Aber erzähl mir bitte, wer ich war."

Otis seufzt. Er starrt auf den Boden, während er spricht.

„Jasmin hat ein paarmal versucht, den Lehrern zu erzählen, dass du sie gemobbt hast. Aber du warst schlau und beliebt und hast die Lehrer immer überzeugt, dass das alles gelogen war. Jasmin und ich waren befreundet, deshalb habe ich dich immer heimlich gefilmt, wenn du in ihrer Nähe warst. Ich wollte dich erwischen. Aber selbst als ich diesen Clip aufgenommen hatte, hat Jasmin gemeint, ich würde nur meine Zeit verschwenden – ihre Mutter hat Arbeit in London gefunden und deshalb sind sie umgezogen. Jasmin wollte nur noch eins: neu anfangen. Sie wollte glücklich sein, sich in der Schule sicher fühlen."

„Und ich habe ihr das Leben zur Hölle gemacht", sage ich. Meine Stimme ist ganz matt. „Sie muss mich gehasst haben. Jetzt hasse ich mich selbst. War ich wirklich so schlimm?"

„Äh, ziemlich schlimm, ja", sagt Otis. Er hält mir noch mal sein Handy hin, um mir etwas zu zeigen. Ich zucke zurück – kommt jetzt noch so ein Film?

Auf jeden Fall bin ich das wieder. Es sieht aus, als wären wir in einem Bus. Ich stehe auf dem Sitz und greife in eine Tasche oben auf der Ablage.

„Setz dich hin, Ketty Banks!", ruft eine Stimme. Die muss einem Lehrer gehören.

„Ach, halt die Klappe! Ich brauch nur mein Lipgloss!", knurre ich als Antwort.

Dann gibt es einen schrecklichen dumpfen Schlag und das Handy poltert auf den Boden.

Man hört nur noch Schreie.

Otis drückt auf Pause, bevor der Film wieder von vorne beginnt.

„Also war ich *deshalb* viel schwerer verletzt als alle anderen", sage ich. „Ich war sozusagen selbst daran schuld!"

Entsetzt starre ich auf das eingefrorene Bild auf dem Handy.

Mama und Papa meinen vielleicht, ich wäre dasselbe Mädchen wie früher. Aber das stimmt nicht. Und ich bin *froh* darüber.

„Ketty, hör zu, ich war in letzter Zeit etwas verwirrt", sagt Otis. „Ich ... ich habe die alte Ketty gehasst. Deshalb bin ich diese Woche auf dich zugegangen, um ... ich weiß nicht, um dich so zu verletzen, wie du Jasmin verletzt hast ... dich so zu vertreiben, wie du sie vertrieben hast. Aber das Blöde ist ..."

Er verstummt. Ich schaue zu ihm hoch und weiß, dass mein Gesicht ein schreckliches Meer aus Tränen und Rotze ist.

„... das Blöde ist, dass ich diese neue Ketty wirklich, WIRKLICH mag." Er beißt sich auf die Lippen.

Otis. Er hat es diese Woche geschafft, dass ich mich mutig gefühlt habe.

Und plötzlich fühle ich mich wieder mutig.

Ich strecke meine Finger aus und berühre seine Hand.

Und ich flüstere: „Ich mag die neue Ketty wirklich, WIRKLICH auch."

Als Otis seine Finger um meine legt, bin ich so, *so* froh, dass die alte Ketty in diesen zwei Minuten

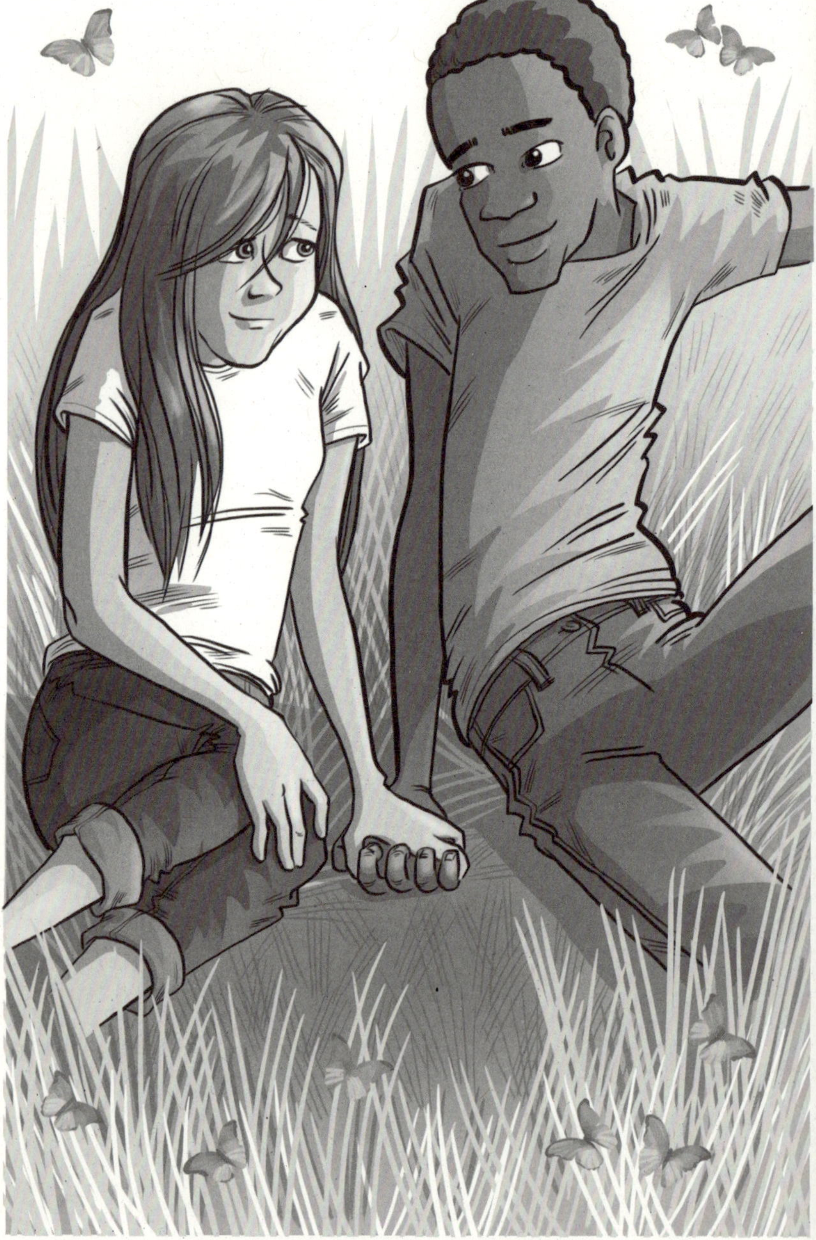

und 39 Sekunden am Tag des Ausflugs ‚gestorben'
ist.

Denn selbst mit meinen Verletzungen, meinen
Narben und meinem wirren Kopf bin ich die neue,
bessere Ketty – und die will ich bleiben.

Dieses Buch wurde von Kindern für Kinder getestet.

MIX
Papier aus verantwor-
tungsvollen Quellen
FSC® C089473
FSC
www.fsc.org

Dieses Buch ist erhältlich als:
ISBN 978-3-407-75483-7 Print

Der Inhalt dieses Buches wurde auf 100% Recyclingpapier gedruckt.

Weitere Informationen zu unseren Autor_innen und Titeln finden Sie unter: www.beltz.de

Ein roter Stein, der Kräfte verleiht

Steve Cole

Jäger in der Tiefe

Mit Bildern von Oriol Vidal
Gebunden, 120 Seiten
Gulliver (75487)

Die Jagd nach Zinn bestimmt Tonos Leben. Tag für Tag schuftet er in der Zinn-Mine seines Onkels und taucht nach dem wertvollen Edelmetall.

Mit seinen Superhelden-Comics träumt er sich in eine andere Welt und kann die schreckliche Mine vergessen. Wenn er doch nur selbst Superkräfte hätte!

Als Tono eines Tages einen schimmernden roten Stein in der Tiefe entdeckt, ahnt er nicht, dass dieser sein Leben für immer verändern wird.

GULLIVER

www.superlesbar.de
www.beltz.de
Beltz & Gelberg, Postfach 10 01 54, 69441 Weinheim